SOPA DE LIBROS

© Del texto: Enrique Pérez Díaz, 2006
© De las ilustraciones: Alejandro Magallanes, 2006
© De esta edición: Grupo Anaya, S. A., 2006
Juan Ignacio Luca de Tena, 15. 28027 Madrid
www.anayainfantilyjuvenil.com
e-mail: anayainfantilyjuvenil@anaya.es

Primera edición, noviembre 2006
Segunda edición, agosto 2011

Diseño: Manuel Estrada

ISBN: 978-84-667-5372-2
Depósito legal: M-31482-2011

Impreso en Huertas Industrias Gráficas, S. A.
Fuenlabrada (Madrid)
Impreso en España - Printed in Spain

Las normas ortográficas seguidas en este libro son las establecidas por la
Real Academia Española en su edición de la *Ortografía* del año 1999.

Reservados todos los derechos. El contenido de esta obra está protegido
por la Ley, que establece penas de prisión y/o multas, además
de las correspondientes indemnizaciones por daños y perjuicios, para
quienes reprodujeren, plagiaren, distribuyeren o comunicaren públicamente,
en todo o en parte, una obra literaria, artística o científica, o su transformación,
interpretación o ejecución artística fijada en cualquier tipo de soporte
o comunicada a través de cualquier medio, sin la preceptiva autorización.

Pérez Díaz, Enrique
Versos al nunca jamás / Enrique Pérez Díaz ; ilustraciones
de Alejandro Magallanes .—Madrid : Anaya, 2006
128 p. : il. col. ; 20 cm. — (Sopa de Libros ; 116)
ISBN : 978-84-667-5372-2
1. Poesías infantiles I. Magallanes, Alejandro, il.
087.5 : 82-1

Versos al nunca jamás

SOPA DE LIBROS

Enrique Pérez Díaz

Versos al nunca jamás

Ilustraciones
de Alejandro Magallanes

ANAYA

Siguen pasando los días y el hilo de los recuerdos se me ha vuelto a enredar entre los dedos. De nuevo permanezco detenida ante el papel en blanco; muro blanco de cal, la blancura absoluta, la albura inexorable que no me deja avanzar.

Dulce María Loynaz

No sé si con palabras, pero sé que está escrito.

Félix Pita Rodríguez

PRÓLOGO

REGRESO DESDE MI EDAD

Regreso desde los años
a esa infancia perdida
que aún no sé cómo alcanzar;
desde la poesía regreso
a los años de mi edad...

Nace un verso,
se me apagan
las luces de aquel desván
donde duermen las palabras,
esas que un día fueron,
y las otras que vendrán.

Desde la poesía regresan
los confines de mi edad,
adiós nunca me digo
solo paciencia, tesón.
¿Para qué más?

Desde la poesía regreso
a la infancia, intocada
y sublime, edad aquella
que nada puede alcanzar...

A PERSONAJES DE LOS CUENTOS

BELLA DURMIENTE

¿Y si al despertar no hallaras
a tu diestra un príncipe,
y acusadores, te cercaran los espejos?

¿A qué magia acudir entonces,
princesa equívoca, ilusión de centurias?
¿A qué fuerzas conjurar cuando, entre robots,
aterida, sucumbe la magia en el olvido?

No despiertes a los cantos.
Sueña un páramo que nunca
confesarás marchito.
Y hasta inventa, si aún puedes,
la promesa de un mancebo.

Princesa: nunca despiertes.
Añora el beso que no llega.
Y aguarda, eso sí,
aguarda hasta que un día,
tal vez yo nazca.

AL PRÍNCIPE

También espero yo
sin saberte o sin saberme.
Aguardo igual
el sintiempo, mi sinrazón,
el sueño esquivo.
Nuestra quimera es un prado
donde florecen los niños.
Mi sueño verdeazul,
brilloluna,
colorcielo,
mi sueño, adentro
y a la vez tan lejos,
tan querido cuanto
más se desdibuja...
Tuya,
La Bella Durmiente del Bosque

A RICITOS DE ORO

En verdad tal vez no erraras perdida
por el bosque de tus sueños,
porque aquel extraviado camino
aguardando estuvo siempre por ti.

Quizás esa casita que tan ajena
suponías, existió un instante
el sublime instante para que
solo, esa vez, la encontraras tú.

Pudiera ser que el tiempo y
sus silencios, nunca fueran
acaso tan reales, sino inventados
por el miedo que sentías y por ti.

¿Y si no fue pronunciado a tiempo
el conjuro, esa mágica, sencilla
y tan corta palabra que a tu cuento
darle pudiera otro, un diferente final?

¿Dónde escondes la palabra, tu sendero
y su instante, aquel misterio en la visita
inacabada? Responde ahora, si puedes,
aunque parezca tarde todavía.

Responde entonces, niña ausente,
mira que todavía aguardamos por ti.
Tus eternos amigos,
Los tres osos

HADA AZUL

Se busca un hada.
No debe ser algo especial,
ni usar varas mágicas, filtros,
hechizos o zapatillas de cristal.

Se busca un hada.
No importa cuán bella,
si no lo fuera, sería igual.

No se la anhela como en los cuentos clásicos,
tampoco vestida de absoluta modernidad.

Se busca un hada.
No le exigiré poderes,
dones, prebendas, viajes al nunca-jamás.
Solo añoro tenerla muy cerca
y cuando —por la divina gracia—
así sea:
        Detenerme
                      a escuchar su corazón
      recorrerle las mejillas con un beso
      y soñar, eternamente soñar, la quimera
      de que tal vez
   algún día
      me quiera amar.

BAILARINA DE PAPEL

Dicen que cada noche,
bailar la ven,
bailar siempre
en medio de las olas,
en medio de la mar.

Es de papel la bailarina
frágil y soñadora,
es de papel
y se la lleva el mar.

Dicen que mientras danza
beben sus ojos la inmensidad.

*¿Dónde te escondes, soldado,
dónde que no te puedo hallar?*

*Mi amor que te busca y te sueña
ya se cansa de esperar.*

*¿Dónde te escondes, soldado,
dónde que no te puedo hallar?*

Dicen que cada noche,
bailar la ven,
bailar siempre
en medio de las olas,
en medio de la mar.

SOLDADO DE PLOMO

Él nunca viene de la guerra,
él nunca a la guerra irá.
Todo su anhelo es hallarla,
pero ella nunca está...

El soldadito de plomo
por la plaza siempre va,
busca en parques, avenidas
pero ella nunca está...

La imagina bella y leve,
se la inventa junto a él,
bailan una danza eterna,
pero ella nunca está...

Y así pasan horas, años
y el soldado, tan viejo ya,
pero es eterno su sueño
el ansia de amarla más...

ALICIA REGRESÓ DEL ESPEJO

y un conejo anda perdido
esperando las promesas
del ocaso que jamás termina.

Alicia ya no ha vuelto y el Gato de Cheshire
en vano aguarda ocultando su tristeza
detrás de los árboles marchitos.

Alicia se hizo mayor
y la pobre Reina de Corazones
se ha visto destronada del cariño.

Alicia se va en un barco hacia la nada
y un señor que retrata niñas pierde
su vista en el horizonte.

Pero resulta infinito el horizonte,
tan distante como un puente roto o
un abismo entre el recuerdo y el cariño.

Alicia regresó del espejo y
al volver la vista atrás, le pareció
todo igual, mas ya nada era lo mismo...

Nada
       era
              lo mismo.

CAPERUCITA ROJA

¿A qué arriesgarte, niña,
si ya tu bosque
no es el bosque?

¿Por qué ese apuro
si hasta el lobo fiero
sus dientes ha perdido?

No tienes hoy abuela;
de olvido tu madre anda vestida
y el leñador —¡oh, sueño lejano!—,
el apuesto leñador que doncel eterno te salvaba,
es nada más un silencio.

¿A qué, arriesgarte entonces,
si hoy los niños nada temen,
y tu caperuza
—que fuera roja—
yace, raída y gris,
entre mis memorias?

CENICIENTA

Mientras te muevan unos brazos
olvida los relojes y sus tiempos.
Cuando a tus pies guíen otras huellas,
renuncia a mirarte en los espejos.

No busques los salones cortesanos,
ni escuches las lisonjas aprobadas.
Esquiva también ese minuto ambiguo
y vuélvete, sin temores, futuro.

Mas, si de pronto, la música cesara
e inquietante el alba ya viniera,
entonces, muchacha, detén aquel sueño
y presta, cobija el alma entre quimeras.

Encuentra en la música un camino.
Sucumbe a su magia equívoca
y no anheles, ilusoria, regresar,
porque aún tú no has partido.

CAMPANILLA

Soy apenas un soplo,
esa quimera que, esperanzado,
alguien se inventó.

Soy, acaso espuma,
aquel reloj incierto, la quebradiza imagen,
que se borró.

Si así lo deseas,
seré velero, sirena, estrella,
ciudad, niña, olvido.

Cuanto a imaginar tú atrevas:
Hasta la misma NADA yo sería.
Pero no me abandones
y nunca, nunca, nunca crezcas,
                          Peter Pan.

GEPETTO Y PINOCHO

Hay un anciano extraviado
tras la sombra de un muñeco.
Va del sueño a la quimera;
jamás cumple su deseo.

Hay un anciano que llora
en silencio cada noche,
evoca los buenos tiempos,
esos que ya se fueron.

Sentado en su ventana,
pasa el viento, y una ola
le recuerda cuan ausente,
el hijo que partió lejos.

Un pobre anciano que ama
la fuerza del imposible,
poco le importa saber
si ese niño fue a la guerra.

Hay un anciano confiado
en la verdad del silencio.
Piensa que en la mañana
el sol traerá aires nuevos.

Nadie ha preguntado al chico
sus razones o su historia,
es un muñeco de cuerda,
una simple marioneta.

Hay un hijo que allá lejos
ha roto todas las cuerdas;
arroja el fusil a sus pies
y extiende la mano diestra.

Lleva en la palma el amor
y por coraza un corazón;
sus ojos son la esperanza,
el querer de un pobre anciano...
aquel anciano extraviado
tras la sombra de un muñeco.

BLANCANIEVES

Alguien ha puesto en tus manos
esa fruta que no has de probar
y decidirlo solo tú podrás.

Siempre hay manzanas, Princesa
o montañas por cruzar, puentes
que, brumosos, te enfrentarán.

Sola por el mundo, entre sombras,
un día te verás y los enanos traviesos
tus pasos ya no podrán guiar.

El riesgo de lo extraño,
el futuro ocultará.
Y en el mito prohibido
tu razón se crecerá.

Pero ante cada manzana,
Princesa de los cuentos,
nunca debes vacilar.

Quizás para arrepentirse
un mordisco bastará y luego,
claro que, siempre...
                    podrás recomenzar...

DESDE TU AUSENCIA

nos ha tocado crecer
en este mundo tan ajeno
que nunca promete de ti darnos las razones.

Desde tu recuerdo
no existe aquella linda casita,
y desapareció el bosque umbrío
donde, alguna vez, juntos paseamos.

Desde tu olvido
nos hicimos tan responsables y grandes,
que incluso tu linda canción
ya hemos olvidado.

Desde tu silencio
se nos escapan las razones,
ya no hay milagros, maravillas,
lo que fuera mágico se ha borrado.

Desde tu adiós,
hermosa niña,
se ha detenido el tiempo, aunque
constante, el tiempo haya pasado.

Desde tu ausencia nos ha tocado
crecer, pero tan huérfanos
andamos que, sin tu cariño,
Blancanieves, seguiremos siendo enanos...

CON PULGARCITO

No tuve ayer tu mirada
hoy mi alegría escapó.
Al fugarse tu sonrisa,
mis ojos no pueden ver.

Ya que tu huella he perdido,
extraviado el rumbo voy,
ningún sendero a mi lado
es tan incierto el andar.

Y si quedaran las migas,
los vestigios de tu edad;
contigo se han escapado,
nada permanece ya.

Miradas, huellas, sonrisas,
quimeras, indicios, soplos,
con ese aliento apenas voy.

Una sombra más en el bosque
aguardando ansiosa, Pulgarcito,
a que,
      tal vez,
           tú,
               aparezcas
                          hoy...

SIMBAD

Cuando apenas a su rostro,
la barba iba a asomar, cada tarde,
escapaba Simbad a la mar. El mar,
siempre imposible, promesa acariciada
y él que viajando lejos se soñaba,
perdido en otra costa, más excitante
cuanto más lejana.

Y su mundo parecía apenas un susurro
y solo el mar se le antojaba
el futuro más posible y único,
como el anhelado canto,
de una libertad sin fin.

Y una tarde, no esperó Simbad
y al mar se hizo en un velero;
atrás, sus seres queridos y las casas
de su pueblo, atrás, aquella ciudad,
su tierra, el mundo que tuvo desde siempre.

Tanto viajó por esas costas que, confundido,
durmió el anhelo entre recuerdos,
y nuevos pueblos le dieron su ventura
y otras gentes le hicieron su paisano.

Y sin apenas saberlo, también el tiempo
se fue de viaje con Simbad
y de blanco sus sienes se cubrieron,
y hasta la leyenda de aquellos triunfos suyos,
le precedía dondequiera.

Cuéntanos de ti, buen Simbad,
pedía la cándida gente, cómo
venciste a gigantes o sirenas tan terribles,
cuántos tesoros te aguardan en las arcas,
que en tu isla mantienes escondidas.

Y una sonrisa se asomaba
al rostro cansado del marino
y cierta luz que renovaba
la ilusión de su mirar, azul
cual esos mares, y un destello
del asombro, chispa ante su propia fama.

Un día, su barca le llevó a una costa tan distinta:
un sentimiento extraño latió adentro de Simbad,
y explicarse no supo la desazón que marcaba el
                                        [infortunio.

Aquella ribera en forma de gaviota
que al horizonte se alargaba,
como promesa de una tierra al mar,
esa costa bañada de vientos, marejadas...

Era su costa, sí, mas, tan distinta:
donde hubo ciudad, solo unas ruinas,
y por viñedos, resecos arbustos o
rocas carcomidas por la espuma.

Entonces Simbad se miró
en las aguas azules y llorosas:
su país ya no era el suyo y tampoco él,
pobre anciano viajero y trotamundos,
se parecía al recuerdo de un aventurero joven,
sí, al torpe recuerdo que aún guardaba de sí mismo.

SIRENITA

Hay una niña sin sueño
a la orilla de la playa
es una niña muy antigua
que te piensa, que te aguarda.

Tiene ojos como el cielo
y su cabello es la sabana,
usa una cola de pez,
pero sueña como humana.

Hay una niña perdida que
no encuentra su camino,
es esa niña que teje
un beso como una barca.

Cada tarde cuando el sol
se esconde entre las olas
la niña busca en la arena,
entre redes, caracolas.

Pero, mientras anda y desanda
nunca va a encontrarse algo,
cuanto más sueña, se inventa,
su ilusión la lleva el agua.

Si tú la vieses un día,
pobre niña desvelada,
dale ese beso que anhela,
quizás de amor, una mirada.
Si tú la vieses un día,
niña sin tiempo ni edad,
dale aquel beso que sueña
y entonces verás como nunca
cómo no se desvela jamás...

AL EXPLORADOR

> *Lo esencial es invisible a los ojos,
> pero nunca al corazón.*
> ANTOINE DE SAINT EXUPÉRY

Acaso en esa estrella
no encuentres hoy la sonrisa
del que buscas...

Acaso en aquella otra,
tampoco hallarás
la mirada de aquel niño.

Acaso en un millón de estrellas
se te oculte aquel que un día
tu corazón hechizó.

Acaso desesperes andando
en galaxias de leyenda o
por parajes sin final.

Entonces, tú solo explora
bien adentro de tu alma,
tan solo aguarda confiado
a que el prodigio se torne cierto;
busca esa sonrisa que tanto sueñas,
aunque quizás ya no sea igual,
aunque no lo fuera nunca más,
confía en ella y,
solo entonces
pudiera ser
que al fin
se hagan posible
la luz
y el milagro.

ALMA DEL ARQUERO

Cuando Guillermo apuntó con su ballesta
a la cabeza del muchacho, amigos y enemigos,
todos en vilo, por el milagro aguardaron.

Cuando el arco de Tell se tensó danzando
al pulso de su cuerda, solo el viento y el silencio
y esa espera tan larga como los adioses al verano.

Cuando la flecha hendió al cielo, el viento y la
                                             [manzana...
¿Cómo intuir qué ocurriría? ¿Imaginar acaso que,
cual errante ave, en la afilada y mortal flecha escapaba,
para siempre —ya sin posible regreso—,
el corazón de un padre, el alma de un arquero?
El alma errante, y ya sin regreso, desde el aire...

Y, así, hijo, en la vida nunca olvides
que alguna vez serás ballesta tensa
y viajera flecha en los confines del viento
y hasta el propio viento que a la flecha impulsa
y no olvides que, sobre todo, serás
—quizás al pensar en otro blanco—,
el corazón adonde apunte siempre,
tu propia flecha...

CUANDO LAS ALAS DEL CISNE

te lleguen desde lo incierto
nunca te olvides, amigo,
que fuiste un patico feo.

Cuando tu proa remontes
hacia un horizonte eterno,
recuerda siempre de dónde
despegó tu primer vuelo.

Cuando salvaje y bello
domeñar te vean los océanos,
piensa que un buen poeta
te soñó antes perfecto.

Cuando las alas del cisne
te lleguen desde lo incierto
nunca te olvides, amigo,
que fuiste aquel patico feo.

NANA A PULGARCITA

Invisible es el ave
que vuela en la noche,
esa que dulcemente,
—y cuando duermes—,
regala sin alardes
su canto junto al mar.

Invisible es el ave
que hasta tu casa viene,
esa que dulcemente,
—y cuando duermes—,
con su canto, el sueño
vela junto al mar.

Invisible es el ave
que eternamente
del dolor te guardará,
esa que dulcemente,
—y cuando duermes—,
te cuida de todo mal.

¡Su canto junto al mar!
Siempre en vela.
¡Su canto junto al mar!

SIN EL CISNE

¿Quién es la dama
que al ocaso, desvela
y desespera?

¿Quién, aquella que,
a la orilla de la playa
con el rumor de su llanto se pasea?

¿Adónde marchaste, salvaje
cisne que a la bella abandonaste
en su quimera?

¿Quién culpa al olvido,
quién al adiós, cuando el amor
se divide entre dos riberas?

¿Quién es la dama
que al ocaso, desvela
y desespera?

Leda, ya no tienes ojos
y nunca podrás ver,
a tu cisne, que aún te ama
que aún te espera...

A LA MAGIA DE LOS CUENTOS

EL VENDEDOR DE ASOMBROS

Érase un pobre mago
que nada más vendía
sueños ajenos,
sueños compartidos.

Érase un mercader
que había dejado seca,
desierta la inocente alma,
el candor de los niños.

Érase un vendedor
que en la plaza
voceaba como un loco
su estrafalaria mercancía.

¡Simple, torpe
traficante de ilusiones
en las que él mismo
jamás creía!

¡Pobre iluso
comerciante que, un día,
cuando el viento y la risa,
al suelo dio tu mercadería!

Y entonces, solo entonces
fue visible la quimera,
aquella tan grande
en la que nunca creías.

¿Acaso es tarde para ti,
o habrá tiempo todavía?

ALGO DE MAGIA

Que rían
    tus ojos
        al verme
            llegar.

Solamente eso
    me podría encantar.

Que en la arena tímida
    brillen tus huellas
        cuando yo
            atine a cruzar.
Solamente eso
    me podría encantar.

Que el eco
    y los vientos
        se guarden
            tu voz al cantar.

Solamente eso
    me podría encantar.

Nada más una pizca
    el soplo
        pura ilusión
           algo
              de magia
Nada
    más.

MÁGICA FÓRMULA

Ponte unas botas (de siete leguas).

Grita «ábrete sésamo».

Sopla (en la fantástica botella).

Toma la varita mágica.

Móntate en la escoba.

Frota esa vieja lámpara.

Agita el polvo de sueños.

Cómete la manzana.

Atraviesa el espejo.

Calza el zapatico de cristal.

Vuelve a ser niño pero, sobre todo,

Cree, confía eternamente y...

                        PODRÁS.

ESPEJO MÁGICO

Por temor a las verdades
de su espejo, la reina
ya no quiere preguntar,
anda y desanda su pieza,
va inquieta, nunca se atreve,
a conocer la verdad...

Teme que un día,
su espejo le diga
«El tiempo pasó, hermosa reina,
y aunque mucho tú lo desees,
ya nada es ni podrá ser igual».

Teme tanto la reina
no verse hermosa,
marchito el rostro,
extraviada la sonrisa,
mustios sus ojos
de inquietante mirar.

Y mudo, apagado,
en un silencio tenaz,
su antiguo espejo que,
impávido y distante,
apenas solo consigue
contemplarla sin más.

No sabes, reina, no imaginas
¡cuánto te ama ese espejo
y cómo aguarda él
la hondura de tus ojos
y el instante soñado de
allí mirarse una vez más!

No sabes, reina fatua,
nunca imaginas, que
por verte sonreír, si
acaso preguntaras,
con todo su amor
alguna vez te dirá:

«El tiempo pasó, hermosa reina,
mas para mí tú siempre eres
y, eternamente, serás igual».

SIN MENTIRAS

No me mientas, espejo mágico
pues sé que piedad solo te inspira.
Tuerce tu engaño hacia otro rostro
deja al mío frente a sus verdades.

Mi cara no sucumbe a la magia ni al hechizo
mi cara solo aguarda
sin saber qué
tal vez
una señal
de algún rostro que se pierde entre las sombras.

No me mientas, espejo
yo sufriría al romperte en mil estrellas
Si la risa voló junto a mis sueños
y entre máscaras desdibujo ya mi faz
entonces no mientas, espejo
solo déjame aguardar
a que tal vez un día
consiga llegar hasta tu aurora.
Solo
     déjame, espejo mágico,
aguardar
         hasta el ocaso.

SORTILEGIO

El rocío en la vicaría

Un caldero que bulle de hechizos

Tu sombra cuando te acercas

Decir *Adiós*

Mi playa y las caracolas

Las botas de un gato

Luna de enero en el jardín

El hada que vela cuando duermes

Sonrisa de mi niño

El bosque encantado

El sueño de una noche de verano

Aquel beso que despertó a la princesa

Llamarse Anduin y fluir como los ríos

Voz de muchacha cantando en la noche

Merlín visitando Ávalon

La costa vecina que nunca alcanzo a adivinar

¿Para qué pedir más?

¿Quién podría explicarlo?

Simplemente

        magia

Magia

        simplemente.

MAGO DE COPENHAGUE

Se fue un día y
en su testamento
solo nos quiso dejar:
un diáfano copo de nieve
rielando en el abeto,
la escama de aquella sirena,
el ardiente reflejo del soldado
incendiándose en el amor por su bailarina,
la pluma de un patito feo,
una sombra, una voz, su sonrisa y muchas palabras...

Dicen que nunca morirá porque es recuerdo.
Dicen que amó a los hombres,
entendió de gnomos y de niños,
de flores y de puentes,
que supo perdonar
y que solo él conoció los grandes secretos.

Dicen que, desde la eternidad,
aún vela por nosotros y,
esperando el minuto más propicio,
promete regresar.

Todo eso dicen y además,
que es el más poderoso mago
y hasta un hada buena.

Todo eso han dicho y yo les creo,
y mucho más, cuando queda,
silenciosamente, hasta mí,
Hans Christian, te veo llegar...

MAGA DE PALABRAS

El sultán tenía muchas novias
y la más hermosa entre todas, nunca
supo leer, pero sí sabía contar.

En las noches mil y una, volando,
tan lejos se iba su mente
y nunca parecía regresar.

Despecho por el amor traicionado
a la escucha de historias, siempre
se adormecía el sultán:

no será esta noche, pero
sí mañana, cuando tu vida
con el aliento del alba, expirará.

Y la hermosa Sheherezade,
quien nunca supo leer,
pero sí sabía contar.

Así, trocó infortunio y venganza
en la sed por descubrir
de cada historia, el inesperado final.

No más mujeres asustadas,
adiós al miedo en palacio, cuando
durante las noches mil y una
Sheherezade inventaba el mito,
ella, que nunca supo leer,
pero sí sabía contar.

La sombra de una vela, entre cojines
y del incienso su humo embriagador,
jamás se la vio cejar.

Y la interminable historia, tornaba
a reiniciar y un sultán enamorado,
que la volvía a amenazar.

Y Sheherezade contaba, aunque
ella nunca viera un libro: ¡maga
que tan bien sabía contar!

Siglos pasaron, y un sultán aún requiere
historias para su furia aplacar...
Oportuno, siempre hay un cuento
que con verdad hablará...

Poco importa el silencio o que
los poderosos escondan la verdad...
Libros vienen, libros van...
Sheherezade es tan anciana,
pero no se cansa de contar.

Y nunca, nunca, se cansará...

MERLÍN Y MORGANA

Le hiciste rey, famoso y hombre.
Para él
contiendas inventaste.
Siempre hubo espadas prohibidas
y hasta un grial.
Camelot, hechizo tuyo.
La bella Ginebra ante el espejo,
Lancelot, Perceval, doce pares invictos de torneos.
Tabla Redonda, guerrear y un reino.
Nigromancia, amores, aventuras, Mordred,
colinas huecas y una cueva de cristal.
¡Cuánto no harías por tu rey!
¿Que no edifica,
que no derrumba
el amor ante su objeto?
Y yo, querido amigo,
me supe siempre
avasalladora, fatal, mágicamente
preterida.
Yo, la rival de todas las causas,
la proscrita eterna,
la destronada e infiel.
Por los siglos de los siglos, la bruja:
Morgana simplemente.

DISPARATE

Hubo un mago al que todo le fallaba.
Era errátil, alocado y torpe con sus manos.
Si al día conjuraba, la noche de inmediato.
Si tiovivo pedían, si un tren o una pelota de colores,
el parque de unicornios, centauros o sirenas florecido.
No tenía nombre, solo «El Mago»
decían cuando, al pasar, con su traje
antiguo y de estrellas orlado,
hasta los niños de él se burlaban.
Apenado, confuso, cabizbajo,
muy lejos se iba el mago.
Sus ojos, llanto. Su silueta,
sombra frágil, fugitiva y vagabunda.
Entonces, la gente se reía.
¡Qué mago tan simpático!
¡Qué disparate hecho persona!
¡Ni por casualidad logra un truco!
Y la risa de los otros
le bañaba como un río, que siempre
ahogaba al pobre mago.
¡Qué mago aquel llamado Disparate!
Sin imaginarlo nosotros, nos dio todo.
¿Habrá mejor regalo que una sonrisa?

EL MAGO

Inventé un mundo para crear felicidades,
la luz toda, el cielo,
mares, helechos, montañas inventé.

Al nacerme la risa, creí ser mago poderoso
ante el hallazgo.

Sueño, vigilia,
       todo y más se me ocurrió.

Y cuando fue tomando forma mi quimera
me supe sabio, diferente,
dueño del bien, del mal ya dueño.

Inventé la magia, descubrí el hechizo.
¿Para qué palabras claves, alquimias o signos jeroglíficos?
solo magia, pura y simple,
magia de hoy, de ayer y siempre.

Cuando ya de todo el amo
inventé el amor.

    Tal vez me asustara la sorpresa,
    solo que
    al inventarte yo —inalcanzable y eterna, amada mía—
    creyendo ser el mayor entre los grandes
    —¡pobre, iluso mortal!—
    sucumbí ante la magia todavía incomprensible
    de que tú, Princesa de los cuentos,
existas...

CONSEJA

Jamás desesperes,

niño mío, que hoy

    tus primeros pasos das...

    Aunque se derrumbara el mundo entero

encuentra magia

        hasta en lo profundo del desastre

  y tú
        Nunca

           te derrumbarás...

HECHIZO DE LUNA

¡Ay, qué sola está la Luna!
cuando al venir la mañana
se fue el encanto de anoche
y no hay estrellas que cantan.

Pobre Luna desvelada
que te inventas una excusa
que soñando amores nuevos
has perdido hasta tu risa.

Hora ya es para dormirte,
lunita atolondrada,
¿qué buscarás por el día
al andar tan extraviada?

¡Ay, qué sola está la Luna
paseándose de mañana
un mago que la encantó
le impide volver a casa!

¡Ay, qué sola está la Luna
mientras busca al hechicero,
los niños que la señalan
quieren devolverla al alba!

CONJURO

Si mirando al mañana tus labios me dijeran
nunca temas
aguarda
confía...

Tal vez me impaciente, vacile, sienta miedo.

Mas si palabras como

estrella

    fantasía

        eternidad

encender tus ojos ya viera,
entonces
sin alimentar dudas
los míos cerraría
para, silencioso,
tomar cobijo
                en tu mirada.

CUANDO LLEGUEN LAS CIGÜEÑAS DE PARÍS

Cuando lleguen las cigüeñas de París
no rías, no llores
solo piensa en tu gran deseo,
y sueña, amigo mío, sueña.

Cuando lleguen las cigüeñas de París
solo imagina el mundo
como para ti lo quisieras,
ama a cuantos conozcas
y sueña, amigo mío, sueña.

Cuando lleguen las cigüeñas de París
ten confianza en el mañana,
imagínate cosas buenas
y sueña, amigo mío, sueña.

Cuando lleguen las cigüeñas de París
invéntate la más imposible magia
que a imaginar tú te atrevas
y sueña, amigo mío, sueña.

AL LUGAR DE LOS CUENTOS

DESVÁN

...y al volver hoy
    igual que antes
           pensé hallarlo.
Mas no, así no era.
El silencio devoraba
      ecos de otros tiempos,
había mil olvidos
    desdibujando
        los contornos de mi sueño.
Con su pátina implacable,
      el polvo gris —plateado ayer—
cubría hasta el último juguete.
Únicamente yo
  que hasta allí entraba
        inventándome prodigios.
Con la misma premura de entonces,
          la ingenuidad
           de quien se sabe dueño,
únicamente yo
    era real.
      Igual que antes.
        Al volver hoy.
           Creí hallarlo todo.
        Mas ya era tarde.

FANTASÍA

A la grupa, siempre contigo,
Príncipe Azul, yo marcharé
a conquistar los castillos y
rescatar princesas de la eternidad...

Sobre tu fino trazado,
alfombra, me llevarás
y volaremos ciudades
que todavía en el mundo no están...

Encántame con tus sortilegios,
hada mágica, o hazme polvo
de esas estrellas que un día
con tu magia visitarás...

Desaparéceme, botella encantada
y adentro de ti, seré el genio
al que muchos niños, solo ellos,
sus buenos deseos pedirán...

Ahógame en tus cabellos, sirenita
que perdida en el mar errando vas
por ese amor imposible y esquivo
que se niega a regresar.

Embrújame para siempre, vieja dama
que en su escoba siempre volando
en pos de la noche y el sueño,
el camino más cierto trazará...

Ábreme los caminos, oh sésamo,
y nunca, nunca me dejes escapar
de ese cuento hermoso al que
quisiera inventarle un buen final...

    Fantasía, que te escondes
detrás de nuestra realidad
no me abandones nunca
pese al tiempo o a la edad.

    Fantasía que imagino, sueño
de la era que vendrá,
seámonos fieles aliados,
por toda la eternidad...

EL LUGAR DE LOS CUENTOS

Alguna vez estuve allí,
ha pasado el tiempo y lo recuerdo
como si fuera ayer.

Alguna vez estuve allí
y me entristece suponer
que ya no sabría regresar.

Hermoso es el país y diferente,
tan bello y distinto como todo
aquello que por sí mismo es.

—¿Y está muy lejos?
—Solo algunos
hasta ese *allí*
consiguen llegar.

Para la mayoría
suele estar bien lejos
aquel país donde
no hay palabras sin sentido:
porque nadie habla de odio,
muerte o de guerrear.

Aunque atrás le dejes,
realmente existe
un país así.

Si olvidaras el camino,
poco importa, esperando,
ese país sigue allí...

Alguna vez estuve allí.
Es difícil volver pero no
imposible como el jamás.

Alguna vez estuve allí
junto a ti, amigo mío,
solo eso, trata de recordar...

EL TIEMPO DE LA AUSENCIA

De mi reino años ha que yo he marchado
en busca del amor, ese
que nace muy adentro, amor
que alimenta y protege, amor
que te quita el sueño.

Pero ya no hay princesas
en el tiempo de la ausencia.
En el largo sendero de mi errar,
se marcharon todas ellas
      a un país que no imagino
           a un país que no me invento
                a un país que ya, nunca más,
                    me atrevo a adivinar.

Cenicienta escapó de aquel palacio,
a las doce campanadas de un reloj
que ya detuvo hasta su tiempo,
si acaso del zapato queda un sueño,
maravilla del cristal que se ha perdido.

Aurora ya no duerme por cien años,
ni el castillo se esconde tras un bosque,
hoy de ladrillos y humo se levanta
el inmenso bosque que hace largo mi camino,
por doquier el bosque, adonde me extravío.

¿Y Blancanieves? ¿Acaso
podría encontrarla alguna vez?

De mi reino años ha que yo he marchado
en busca del amor, mas no hay princesas
en este, el infinito tiempo de la ausencia,
en el enorme confín de mi pesquisa.

¡Se han marchado todas ellas
                a un país que no me invento!
¡Se han marchado todas ellas
                a un país que no imagino!

IDENTIDAD

¿Quién fui? No recuerdo.
Tal vez aquel niño perdido
dibujando sus razones en el bosque.

¿Quién soy? No sé.
Quizás la ilusión de una chiquilla
mientras se desposaba con su espejo.

¿Quién he sido? Lo olvidé.
Cualquier niño anhelante
en su lucha imposible contra el tiempo.

¿Quién era? Momo,
Simbad o Aladino.
Tiré migas y escapé del lobo.
Pregunté varias veces al espejo
y dormía cien años esperando,
mas nunca me llegaron las respuestas...

¿Quién? No importa quién sea en realidad
o qué pueda ser, solo
que en alguna parte
existo
y aguardo
el minuto
mil veces soñado
de nacer.

POEMA

Para llenar hojas
me piden un poema alegre.
Mientras Aurora envejece desvelada por un beso
y de engaños acosa Blancanieves a su espejo.

Para satisfacer gustos aprobados
exigen tonta poesía.

¿Olvidar entonces a Hansel, Pulgarcito y a Gretel
                  vagando
                              sin retorno
                                        por un bosque?

¿De qué alegría escribir conociendo a un lobo que,
desconsolado, musita el nombre de la niña envejecida?

¿Qué dicha quedará cuando se ha roto el último
                                    zapato de cristal
y hoy no vuelan las alfombras?

Para llenar sus oídos de hueras palabras
                      sugieren versos
                                bellos, sin sentido.

Peter Pan ha crecido.
        Apagó Pippa su vela para siempre.
                Y sin regreso
                        Alicia mora errante en el espejo.

Aunque de verdad lo deseara,
escribir no podría alegres poemas evasivos
recordando al niño que una vez fui.

    ¿Y todavía piden un alegre poema?
    Muy bien,
    pero antes, cambien este mundo
    y tal vez venga a mi mente.

Pero si de veras insisten:
Así comenzaría:

    Confíen y esperen,
        sueñen y jueguen.
            Pero, sobre todo, niños,
                nunca dejen de estar alertas.

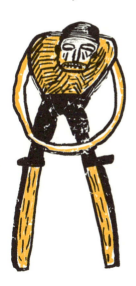

GANDALF

Estoy en alguna parte
aunque no sepas quién soy.
Si no me vieras,
confía.
Si tampoco escucharas,
ten paciencia.
Incluso si te dijeran:
«No existe, solo es algo quimérico»,
persevera.
Estoy en alguna parte
aguardándote.
Únicamente has de creerlo,
solo necesitas no cejar,
venir hasta mí y verás
que, en realidad,
estoy esperando por ti
en alguna parte...

EPÍLOGO

ADIÓS, INFANCIA

Adiós, infancia
al otro lado del puente has quedado
mas yo debo cruzar,
seguir,
no sé a dónde
siempre seguir,
sin descanso,
buscaré,
voy a esperar
y sobre todo,
infancia perdida,
viviré confiando
en cuanto ayer tú me mostraras,
infancia,
y no he podido —nunca podré—
olvidar.

Índice

Prólogo: Regreso desde mi edad 9

A PERSONAJES DE LOS CUENTOS

Bella durmiente 13
Al príncipe 14
A ricitos de oro 16
Hada azul 18
Bailarina de papel 21
Soldado de plomo 22
Alicia regresó del espejo 25
Caperucita roja 26

Cenicienta	28
Campanilla	31
Gepetto y Pinocho	32
Blancanieves	36
Desde tu ausencia	37
Con Pulgarcito	40
Simbad	42
Sirenita	47
Al explorador	50
Alma del arquero	52
Cuando las alas del cisne	54
Nana a Pulgarcita	57
Sin el cisne	59

A LA MAGIA DE LOS CUENTOS

El vendedor de asombros	63
Algo de magia	65
Mágica fórmula	67
Espejo mágico	68
Sin mentiras	70

Sortilegio 72
Mago de Copenhague 74
Maga de palabras 77
Merlín y Morgana 80
Disparate 83
El mago 84
Conseja 87
Hechizo de Luna 88
Conjuro 91
Cuando lleguen las cigüeñas de París 93

AL LUGAR DE LOS CUENTOS

Desván 97
Fantasía 98
El lugar de los cuentos 102
El tiempo de la ausencia 105
Identidad 108
Poema 110
Gandalf 112
Epílogo: Adiós, infancia 115

Escribieron y dibujaron…

Enrique Pérez Díaz

—*Enrique Pérez Díaz (La Habana, 1958). Escritor, periodista, crítico, investigador y editor. ¿Cuándo y por qué empezó a escribir para niños?*

—Escribo con verdadera pasión desde adolescente: cuentos, teatro, novelas de aventuras a lo Enid Blyton. Estudiar Periodismo, conocer tantos escritores, facilitó las cosas y me acerqué al mundo editorial, a los ilustradores y descubrí que la literatura infantil cubana carecía de verdades no dichas. Un día, me sorprendí haciendo un libro con ese aire «distinto» que a mi juicio tanto se hacía extrañar. Creo que esta literatura —ya lo dijo Michael Ende— permite tal libertad expresiva, que difícilmente renunciaría a seguir escribiéndola.

—*¿Cómo se planteó la creación de este poemario?*

—La primera parte la escribí en los 90. Los años pasaban y el mundo era desesperanzadoramente igual para mi gusto; y vinieron a mi mente poemas que originalmente integré al cuaderno *Adiós infancia*. Es un adolescente quien siente el inútil paso del tiempo y de la vida sobre la geografía de su cara y de su cuerpo. Cuando Antonio Ventura me confirmó publicar *Versos...*, disfruté reagrupándolos y escribí otros como *Alma de arquero*.

—*¿Por qué escribe poesía para niños? ¿Considera que tiene una finalidad?*

—Félix Pita Rodríguez, un gran escritor cubano Premio Nacional de Literatura, al leer mis primeros textos dijo: «Eres un poeta que escribe narraciones». Aunque me conozcan sobre todo por mis novelas o cuentos, la poesía nunca me abandona. Siguiendo una frase de ese gran hombre, recordaría que *«la poesía es un silencio que alguien de oído muy fino supo escuchar»*. Más que género literario, es actitud ante la vida. Aprendiendo a ver cuanto de hermoso se nos muestra, vivimos mejor. En mis narraciones o poemas pervive ese otro modo de mirar, así —niños y mayores— descubren que las personas, el mundo, la vida pueden ser mejores si nosotros luchamos porque así sea.

Alejandro Magallanes

—*Diseñador gráfico méxicano de reconocido prestigio internacional, ¿cómo empezó en la ilustración?*

—Me temo que repetiré una historia cliché, pero es la verdad: desde pequeño me gustaba dibujar, y lo seguí haciendo todo el tiempo. En la vida profesional, siempre he tratado de incluir en mi trabajo de diseño dibujos, collages, fotografías que yo hago. Creo que adopta características más personales, y a lo mejor por eso, diferentes. Fue a partir de mi actividad como diseñador; me siento más satisfecho cuando puedo resolver un proyecto con diseño y con ilustración, ya que en realidad no hago muchas distinciones en cómo abordo uno u otro.

—*¿Hay diferencias a la hora de ilustrar un libro de poemas, un libro de cuentos o una novela?*

—Puede que las diferencias estén más en lo que me provocan los textos, que en los géneros literarios. Hay textos que te invitan a ser más mordaz, otros en los que puedes ser más metafórico, unos que necesitan ternura, y otros que invitan a desarrollar una historia paralela. Hay varias formas de involucrarse, y cuando un texto dice las cosas muy bien, sería necio hacerles una cacofonía con las ilustraciones.

—*¿Qué le han parecido los poemas de Enrique Pérez Díaz?*

—Me gusta que hable de los cuentos desde la nostalgia de no poder recuperar el tiempo de la niñez. Es triste hablar del niño que llevamos dentro (bueno, a menos que seas una mujer embarazada). Creo que la nostalgia llega a sentirse cuando la muerte de alguna u otra forma nos toca; cuando nos damos cuenta del paso del tiempo. Me gusta, por ejemplo, la nostalgia de los osos por ricitos de oro, o llegar a pensar que el príncipe que rescatará a la Bella Durmiente probablemente nunca llegue. Con las ilustraciones traté de poner un poco de humor, pero un humor que no contradijera la nostalgia que algunas imágenes de los textos me provocaban.